Um país
chamado Infância

PARA GOSTAR DE LER 18

Um país chamado Infância

MOACYR SCLIAR

Ilustrações
Marcelo Pacheco

editora ática

Este livro apresenta os mesmos textos ficcionais das edições anteriores

Um país chamado Infância
© Moacyr Scliar, 1995

Diretor editorial	Fernando Paixão
Editora	Carmen Lucia Campos
Colaboração na redação de textos	Malu Rangel
Coordenadora de revisão	Ivany Picasso Batista
Revisora	Cátia de Almeida

ARTE

Editora	Suzana Laub
Editor assistente	Antonio Paulos
Criação do projeto original da coleção	Jiro Takahashi
Editoração eletrônica	Studio 3 Desenvolvimento Editorial
	Eduardo Rodrigues
Edição eletrônica de imagens	Cesar Wolf

CIP-BRASIL. CATALOGAÇÃO NA FONTE
SINDICATO NACIONAL DOS EDITORES DE LIVROS, RJ

S434p
19.ed.

Scliar, Moacyr, 1937-
  Um país chamado Infância / Moacyr Scliar ; ilustrações Marcelo Pacheco. - 19.ed. - São Paulo : Ática, 2003.
  96p. : il. - (Para Gostar de Ler)

Contém suplemento de leitura
ISBN 978-85-08-08322-0

1. Literatura infantojuvenil. 2. Crônica brasileira. I. Pacheco, Marcelo. II. Título. III. Série.

10-2566.
CDD: 028.5
CDU: 087.5

ISBN 978 85 08 08322-0 (aluno)
ISBN 978 85 08 08323-7 (professor)

2023
19ª edição
10ª impressão
Impressão e acabamento: A.R. Fernandez

Todos os direitos reservados pela Editora Ática
Av. Otaviano Alves de Lima, 4400 - CEP 02909-900 - São Paulo, SP
Atendimento ao cliente: 4003-3061 - atendimento@atica.com.br
www.atica.com.br - www.atica.com.br/educacional

IMPORTANTE: Ao comprar um livro, você remunera e reconhece o trabalho do autor e o de muitos outros profissionais envolvidos na produção editorial e na comercialização das obras: editores, revisores, diagramadores, ilustradores, gráficos, divulgadores, distribuidores, livreiros, entre outros. Ajude-nos a combater a cópia ilegal! Ela gera desemprego, prejudica a difusão da cultura e encarece os livros que você compra.

Sumário

Um país chamado Infância 7

Travessuras
O garoto e as chaves 13
Vou-me embora desta casa! 15
Os truques da terapêutica 18
Lição para casa 21
O pai sequestrado 23
Nem doeu 26
À prova d'água 28
Os terroristas 30
Minha vida como pivete 32

Momentos inesquecíveis
O primeiro dente 37
O guri não quer comer 40
A festinha do colégio 43
A primeira cartilha 46
Diálogo 48
O primeiro caderno 51
Só mais um minuto 54
Os comícios dos adolescentes 56

Pais e filhos
A mamadeira das duas da manhã 61
Deixa a luz acesa, pai 65
A patologia da manhã infantil 68
Os craques do futuro 70
A glória do *skate* 73
Esqueceram de mim 75
Antes e depois 78

Oração de um pai.. 82

Qual destes é o seu pai? 83

Conhecendo o autor 85

Referências bibliográficas 89

Um país chamado Infância

Moacyr Scliar

Há um país chamado Infância, cuja localização ninguém conhece ao certo. Pode ficar lá onde mora o Papai Noel, no Polo Norte; ou ao sul do Equador, onde não existe pecado; ou nas florestas da Amazônia, ou na África misteriosa, ou mesmo na velha Europa. Os habitantes deste país deslocam-se no espaço em naves siderais, mergulham nas profundezas do oceano, caçam leões, aprisionam dragões. E depois, exaustos, tombam na cama. No dia seguinte, mais aventuras. Não há *déjà-vu* no país da Infância. Não há tédio.

Nem todas as crianças, contudo, podem viver no país da Infância. Existem aquelas que, nascidas e criadas nos cinturões de miséria que hoje rodeiam as grandes cidades, descobrem muito cedo que seu chão é o asfalto hostil, onde são caçadas pelos automóveis e onde se iniciam na rotina da criminalidade. Para estas crianças, a Infância é um lugar mítico, que podem apenas imaginar quando olham as vitrinas das lojas de brinquedos, quando veem TV ou quando olham passar, nos carros dos pais, os garotos de classe média. Quando pedem, num tom súplice — tem um trocadinho aí, tio? —, não é só o dinheiro que querem: é uma oportunidade para visitar, por momentos que seja, o país com que sonham.

Para nós, adultos, o problema é diferente. Estivemos no país da Infância e de lá fomos exilados. Como todos os exilados sonhamos em voltar. O que é muito difícil. Precisamos para isso de um passaporte especial, concedido somente em circunstâncias muito especiais. E como é que a gente arranja este passaporte? Há algumas maneiras. Eu recorro a uma delas, muito antiga: conto histórias. Histórias que nascem de minha dupla experiência de pai e de escritor. E para quem as escrevo? Escrevo-as para muita gente, mas gostaria que elas fossem lidas sobretudo pelos jovens que um dia serão pais e mães. Notem, não estou tentando ensinar nada. Mesmo porque, se as crianças aprendem com os adultos, os adultos também aprendem com as crianças. Acredito muito naquela frase do poeta inglês William Wordsworth (1770-1850) segundo a qual a criança é o pai, ou a mãe, do adulto. A maturidade consiste em voltarmos constantemente à infância. Que é uma fonte inesgotável: de sabedoria e de encanto.

É a sabedoria e o encanto que eu busco nestas periódicas viagens ao país chamado

Infância. Gostaria que vocês me acompanhassem. É uma aventura, garanto a vocês, que nada fica a dever às viagens espaciais ou aos mergulhos nas profundezas do oceano. Temos um mundo dentro de nós, um mundo que vale a pena descobrir.

Travessuras

O garoto e as chaves

Existe um animalzinho — uma espécie de esquilo norte-americano, acho — que tem um curioso hábito: esconde nozes e frutas e depois não se lembra onde. Parece que esta peculiaridade é muito benéfica, pois é grande o número de árvores que nascem graças ao esquecimento do bichinho.

Bom. Isto quanto ao esquilo. E você já ouviu falar de crianças que escondem objetos? Pois é. Isto também existe — com consequências embaraçosas, para dizer o mínimo. Sei, porque atualmente estou passando por uma curiosa experiência a respeito.

Não me recordo exatamente quando é que o Roberto começou a esconder chaves. Mas a primeira vítima foi uma amiga nossa. Enquanto minha mulher a visitava, o Roberto ficou brincando. Quietinho. Quietinho até demais — elas deveriam ter desconfiado. Mas não desconfiaram.

No dia seguinte nossa amiga telefonou. Um pouco embaraçada: O Roberto não teria, ahn, por acaso, ahn, levado as chaves do carro dela, que não achava em lugar algum? Surpresos, interrogamos o suspeito. Com toda a inocência de seus dois anos ele nos garantiu: não, não tinha chave nenhuma. Não contentes com esta declaração de inocência, e correndo o risco de traumatizar o guri, nós o revistamos, procuramos em seu quarto. Mas, de fato, não achamos chave alguma. É que ele não estava com as chaves. Naquele mesmo dia nossa amiga constatou que o vaso do banheiro estava entupido. Chamou o instalador que, com alguma dificuldade, conseguiu remover a causa da obstrução. Um molho de chaves de automóvel, naturalmente. Isto não é lugar de guardar chave, dona — ele deve ter dito à nossa amiga, que, muito diplomaticamente, evitou nos transmitir a admoestação.

    Daí em diante as chaves começaram a desaparecer lá em casa. Era como se um duende tivesse resolvido nos aporrinhar: as chaves sumiam e só iam aparecer dias depois, quando já tínhamos desistido delas e arrombado as portas. E na última segunda-feira desapareceram as chaves do nosso carro. Primeiro achei que fosse distração minha, coisa de ficcionista; procurei nos lugares mais habituais, não encontrei. De repente me lembrei de nossa amiga. Aflito, corri ao banheiro, já me vendo com o braço enfiado no vaso, numa posição pouco elegante até mesmo para um sanitarista. Dei a descarga repetidamente, verifiquei que a água fluía — logo, ou as chaves não estavam ali ou já tinham definitivamente entrado pelo cano (coisa que a esta altura até me parecia um mal menor).

    As chaves não estavam ali. Foram encontradas, junto com escovas de dentes, pentes e outros objetos de menor importância (relógios, talões de cheques) num pitoresco fogãozinho a lenha de cuja eficiência sempre desconfiei e que por isso ainda não acendi neste inverno. Felizmente. Agora estamos assim, nesta calma nervosa, sem saber quando o esquilo, digo, o garoto, atacará de novo. Por via das dúvidas já mandei fazer cópias de todas as chaves. Pensando bem, talvez seja melhor fazer uma outra casa. Sempre pode nos servir de refúgio, caso não possamos entrar na nossa.

Vou-me embora
desta casa

Existe alguma coisa pior do que ter quatro anos e brigar com o pai?

(Existe: é ser pai e brigar com o filho de quatro anos. Mas isto a criança só descobre muitos anos depois.)

Para um garoto de quatro anos, brigar com o pai, ou com a mãe, significa romper com o mundo. Uma ruptura aliás frequente, porque há poucas coisas que um guri goste mais de fazer do que brigar. Ele briga porque quer comer e porque não quer comer; porque quer se vestir ou porque não quer se vestir; e porque não quer tomar banho, não quer dormir, não quer juntar as coisas que deixou espalhadas pelo chão. E porque quer uma lancha com pilhas, e uma bicicleta, e uma nave espacial — de verdade. Todas estas coisas geram bate--boca, ao final do qual o garoto diz, ultrajado:

— Ah, é? Pois então...

Pois então o quê? Um país pode ameaçar outro com mísseis, ou com marines, ou com bloqueio; um adulto diz que vai quebrar a cara do inimigo; mas, um garoto, pode ameaçar com quê? Com o único trunfo que eles têm:

— Eu vou-me embora desta casa!

Ao que, invariavelmente, os pais respondem: vai, vai de uma vez. Ué, mas não seria o caso de eles suplicarem, não meu filho, não vai, não abandona teus velhos pais? Meio incrédulo, o guri repete:

— Olha que eu vou, hein?

Vai, é a dura resposta. E aí o menino não tem outro jeito: para salvar a honra (e como têm honra, os garotos de quatro anos!) ele tem de partir. Começa arrumando a mala: numa sacola de plástico, ele coloca os objetos mais necessários: um revólver de plástico, os homenzinhos do Playmobil (aos quatro anos, o *kit* de sobrevivência é notavelmente restrito).

Enquanto isto, os pais estão jantando, ou vendo TV, aparentemente indiferentes ao grande passo que vai ser dado. O que só reforça a disposição do filho pródigo em potencial: esses aí não me merecem, eu vou-me embora mesmo. Mas, para onde? para onde, José? Manuel Bandeira podia ir para Pasárgada, onde era amigo do rei; aos quatro anos, contudo, a relação com a realeza é muito remota. O guri abre a porta da rua (essas coisas são mais dramáticas em casas do que em apartamentos); olha para fora; está escuro, está frio, chove. Ele hesita; está agora em território de ninguém, tão diminuto quanto o é a sua independência. Ir ou não ir? Nem Hamlet viveu dilema tão cruel. Lá de dentro vem um grito:

— Fecha essa porta que está frio!

Esta é a linha-dura (pai ou mãe). Mas sempre há um mediador — pai ou mãe — que negocia um recuo honroso:

— Está bem, vem para dentro. Vamos esquecer tudo!

O garoto resiste, com toda a bravura que ainda lhe resta. Por fim, ele volta, mas sob condições: quando o pai for ao Centro, ele trará um trem elétrico, desde que não seja muito caro, naturalmente. A paz enfim alcançada, o garoto volta para dentro. Até a próxima briga.

Quando, então:

— Eu vou-me embora desta casa!

Os truques da
terapêutica

Aladim era capaz de abrir a caverna do tesouro com uma simples fórmula mágica.

Mas não há fórmula mágica, nem alavanca, nem pé de cabra capaz de abrir a boca de um garoto que não quer tomar remédio. Não há pai que não esteja convencido — para seu próprio desespero — desta verdade eterna.

Para início de conversa, a gente é obrigado a reconhecer: tomar remédio nada tem de agradável. Além do gosto frequentemente ruim, a conjuntura é desagradável, pois basta a simples febre de uma criança para gerar o caos numa casa. Caos que os pais têm de enfrentar de colher em punho. E é aí que começa a parte mais trágica, ou tragicômica, da história toda.

O garoto diz que não vai tomar o remédio. Muito bem, isto os pais esperavam: milagre seria ele dizer o contrário. É uma situação prevista. Mas, por mais prevista que seja, os pais jamais conseguem adotar uma estratégia coerente para enfrentá-la. A coisa evolui por etapas. A primeira etapa é, em geral, a da racionalidade: meu filho, toma o remédio para você melhorar e amanhã poder brincar com os amiguinhos. A isto o garoto nem se digna a responder: não, ele não quer melhorar, não quer brincar com os amiguinhos — e não quer tomar o remédio.

Segue-se a fase da negociação, ou, conforme o caso, da sedução, na qual os pais fazem mais promessas que político em campanha: meu filho, toma o remédio que eu te compro uma lancha, um avião, uma espaçonave de verdade.

Mas o garoto, talvez por já ter — como o povo — sido enganado de outras vezes, mantém-se irredutível: não, não tomará o remédio. E nem abrirá a boca.

Passam os pais para a fase seguinte, que é a da súplica: meu filho, pelo amor de Deus, toma o remédio, já é tarde, o papai e a mamãe precisam descansar.

Nada. O miniditador ali está, implacável, talvez até gozando com o sofrimento de suas vítimas. O que gera revolta nos progenitores, e, em consequência, ameaças: *ou você toma o remédio, ou...* E aí segue-se um rol pretensamente ameaçador: não vou te levar no parque, não vou te comprar brinquedos, não vou te dar chocolate.

Ameaças deixam o garoto completamente indiferente: é como se nem fosse com ele. E é aí que os pais chegam ao momento do desespero: *toma! Toma este remédio! Toma, diabo!*

O diabo, porém, mantém o seu ar angelical. E outras fases se sucedem, até que o garoto cansa e resolve tomar o remédio.

Mas, por que esta maratona? Há várias razões. Uma delas é a inconsistência dos pais: não só são incapazes de perseverar numa atitude, como frequentemente estão em desacordo entre si: assim, quando o pai ameaça, a mãe implora; quando a mãe promete, o pai se desespera, e por aí vai.

A verdade é que um jeito há, como o demonstrou o filho de uns amigos meus, garoto de uns dois anos. Cada vez que ficava com febre, os pais tentavam dar-lhe aspirina de todos os jeitos imagináveis: com geleia de morango, com melado, com calda de frutas. Sem resultado: o garoto se recusava a tomar qualquer mistura.

Até que um dia o pai o viu apanhar uma aspirina que tinha caído no chão e mastigá-la alegremente. E aí descobriram: o garoto não gostava nem de geleia de morango, nem de melado, nem de calda de frutas. Gostava era de aspirina. E os pais não sabiam.

Lição para casa

Você não pode deixar de se comover quando seu garoto volta do colégio trazendo pela primeira vez — um tema para ser feito em casa. Você o olha e vê, não mais o guri, mas um homenzinho responsável. Pois é o que caracteriza todos nós, homens responsáveis: temos temas para fazer em casa, não nos desligamos jamais das preocupações. E agora seu filho saberá o que é responsabilidade.

Bem, não é para tanto. Para início de conversa, você tem de ajudar a fazer o tema. Aparentemente não é difícil: trata-se de colar numa folha de papel figuras de índios. Uma homenagem ao Dia do Índio, aliás muito justa, porque, se os índios não foram os primeiros a fazer lições de casa, neste país, foram os primeiros a fazer casa. Só que esta homenagem envolve um problema: onde arranjar figuras de índio? Em revistas velhas, é o que logo ocorre. Você se lembra de ter visto dezenas de fotos de índios em revistas, porque índio sempre é notícia (ainda que os coitados preferissem, provavelmente, ser deixados em paz nas suas terras). Você vai procurar as revistas — aí, só porque você quer foto de índio, não aparece nenhuma foto de índio. Há umas fotos de um cacique tomando posse na FUNAI, mas será que índio de terno e gravata ainda é índio? O próprio cacique tem dúvidas quanto a isto, de modo que você resolve deixá-lo de lado. Também há fotos do Carnaval, mas, de novo: fantasia de índio não é índio. Você então pega a *Revista Geográfica*, que sempre mostra fotos de gente e lugares interessantes, e lá há de fato uma foto de índias — só que não são brasileiras, e além disso estão nuas. *Estas são boas!* — grita o garoto, e ainda que você concorde (por razões diferentes das dele, é óbvio), você teme ferir os pruridos da professora. Claro, você podia colar uma tira preta nas partes pudendas, como a censura faz, ou fazia; mas aí a coisa já não é autêntica.

A esta altura, você já revirou toda a casa, para desespero de sua mulher, e concluiu: não — não há em casa nenhuma publicação com foto de índio. O jeito é ir a uma banca de revistas para ver se encontra algo que sirva. Só que são dez da noite, está chovendo, e a banca mais próxima está no centro da cidade. Contudo, lição para casa é lição para casa, e seu filho não pode fugir da responsabilidade. Ou melhor, você não pode fugir da responsabilidade. De modo que você pega o carro e vai até o centro. Chegando à banca, você começa a folhear as revistas, para irritação do dono, que logo pergunta o que você quer.

— Eu queria uma revista com fotos de índios — você diz, constrangido. O homem da banca compreende: ele também é pai, também tem de fazer lições para os filhos. Não, ele não tem nada do gênero, mas sabe onde mora um índio autêntico, que talvez concorde em posar para umas fotos.

Isto, contudo, já é demais, e você resolve voltar para casa. Encontra seu filho radiante: ele encontrou fotos, já recortou e as está colando, aliás, não só nas folhas de papel, como também nos móveis, nas paredes, por toda a parte: Dia de Índio é Dia de Índio. Mas, pergunta você intrigado, de onde diabo ele tirou as fotos? Ora, simples. Foi de um livro. Um livro. Um livro caríssimo, caríssimo, que seu chefe, antropólogo amador, lhe emprestou, pedindo encarecidamente que cuidasse dele.

Você pega o que resta do livro e joga-o na cesta de papéis. E aí só lhe resta ir dormir. Porque a lição de casa você já fez.

O pai sequestrado

Os sequestros estão voltando à moda. É verdade que o último terminou bem, mas um dos receios que a gente tem é que a coisa possa se generalizar, passando, por exemplo, da política internacional para a política familiar.

Imagine a seguinte situação. Num sábado à tarde você está em casa, lendo. Sua mulher saiu. De repente vem seu filho e pede que você o leve ao cinema, ou ao parque, ou a qualquer lugar. Você diz que não, que está lendo, e que tem tanto direito à leitura como ele à diversão. Ele insiste, você finca pé. Ele sai, fechando a porta atrás de si. Você, ainda que aborrecido, volta à leitura.

Um minuto depois, um discreto ruído chama sua atenção. É a chave girando na fechadura. Você dá um pulo, corre até a porta — mas é tarde demais: seu filho acabou de trancá-lo no quarto. Abre esta porta, você ordena, no tom imperioso que sua autoridade paterna exige. Não abro, diz o garoto, e estabelece suas condições: só lhe dará a liberdade se você levá-lo ao cinema (ou ao parque, ou a qualquer outro lugar). Quer dizer: você foi sequestrado. Por seu próprio filho, em sua própria casa. Incrível, porém verdadeiro.

E agora? Calma, você diz a si mesmo. A situação é desesperadora, porém não grave. O que fazer? Há muitas possibilidades. Você pode, por exemplo, parlamentar com o pequeno terrorista através da porta fechada, explicando que isto não é jeito de conseguir as coisas, que é melhor ele abrir,

se não a represália virá, etc. Pouco provável que dê certo. O garoto tem a faca e o queijo na mão, sem falar na chave, e assim não tem por que ceder.

Você pode pedir socorro. O telefone está ali, ao alcance da mão. Basta você ligar a um amigo ("Desculpa o incômodo, meu caro, mas é que aconteceu uma coisa engraçada...") mas isto não chega a ser uma solução, porque o amigo também terá de convencer o garoto. Dentro desta linha, porém tendendo mais para a histeria, você pode chegar à janela e gritar: *Socorro! Estou sendo vítima de um sequestro! Mandem a Swat!* — e por aí afora. Mas, convenhamos, sua dignidade estará definitivamente abalada.

Pular a janela? Talvez. Se ela não for gradeada, ou se você não estiver num edifício de dez andares. Mas, de novo, fica horrível para um pai de família saltar da janela da própria casa, não falando que você pode ser confundido com um ladrão e preso na hora.

Para o lado violento: você pode arrombar a porta. Ou pelo menos tentar, porque nada indica que você conseguirá — é uma maciça porta de madeira de lei, posta ali exatamente para barrar o pequeno intruso. E, mesmo que consiga, será que seu orçamento, já abalado pelo aumento do BNH*, suportará o custo do conserto?

Finalmente, você pode dar uma de tratante: você finge que concorda, e tão logo o garoto abre a porta, você o agarra e lhe dá uma boa lição. Mas será que você pode fazer isto? Mentir para o seu próprio filho? Quantos destes terroristas não são jovens que sofreram, na infância, frustrações causadas por mentiras paternas? Não, mentir, não.

O jeito talvez seja ir ao cinema, mesmo. Você se lembra que está passando um filme muito bom, num cinema de bairro. Parece que é sobre um sequestro, ou coisa assim. Tema muito atual.

---

* *BNH* - Banco Nacional da Habitação. Foi absorvido pela Caixa Econômica Federal em 1986. Administrava recursos relacionados à aquisição da casa própria.

Nem doeu

O momento chega para todos os pais, por mais esclarecidos que sejam, por maior que seja sua bagagem pedagógica ou mesmo seus sentimentos de culpa. Chega um momento em que os filhos enchem tanto o saco, que o pai, ou a mãe, não aguentam e acabam dando uma palmada no pequeno demônio.

É uma coisa que em geral ocorre de maneira súbita. Está o guri com sua ladainha habitual — me compra uma lancha, me compra um robô com pilhas, me compra um avião, me compra duzentos lingotes de ouro — ou então derrubando tudo na mesa, ou sujando a casa, quando o pai, que até então vinha repetindo monotonamente — Meu filho, para quieto, meu filho, te acomoda — de repente solta um brado de — Chega! — e dá um tapa no guri. A cena é clássica e o lugar também é clássico: o bumbum que a natureza, prudentemente, já acolchoou bem.

A coisa é tão súbita que a primeira reação do garoto é de incredulidade. Ele não pode acreditar que seu velho e inerme pai, aparentemente dotado de uma resignação bovina, se tenha revoltado de repente e proclamado sua independência. Mas o fato é que aconteceu; e ali ficam os dois a se olharem, o próprio pai meio surpreso com sua súbita explosão.

O momento seguinte varia, de acordo, talvez, com a força da palmada e com a expressão de fúria do pai, mas, mais provavelmente, com o temperamento da própria criança. Tem os que em seguida abrem o berreiro, provavelmente ampliado pela vontade que têm de causar culpa no pai. Tem os safados que resolvem levar na brincadeira e começam a rir. Tem os que vão se queixar para a mãe ou para os avós. Tem os que fazem ameaças. E tem aqueles que arregalam os olhos, engolem em seco, e dizem, simplesmente: *nem doeu*.

Nem doeu é o pior. Porque, se o garoto chora, você sempre pode pegá-lo no colo e consolá-lo, naquela complexa negociação que envolve a reconciliação entre pais e filhos. Se ele se queixa à mãe, também há oportunidade de discutir o assunto no tribunal familiar. Mas se ele diz que *nem doeu* você fica numa situação muito difícil. O que fazer? Bater de novo, você não vai. Em primeiro lugar, o impulso se esgota na primeira palmada; mais que uma, já é crueldade. Em segundo lugar, você sabe que ele está blefando. Na verdade doeu, e doeu muito. Doeu física e emocionalmente. Mas você não pode contestar — doeu, sim, mentiroso — porque aí também já é tripudiar. Mais: você não pode sequer sustentar o olhar dele, mesmo porque o beicinho deixa você a ponto de chorar.

Tudo que você pode fazer é manter um respeitoso silêncio, como tributo à dignidade do novo mártir da casa. A dor já é algo difícil de aguentar. Mas ter de suportar a dor, dizendo que nem doeu é coisa para herói. Os que dizem nem doeu são os que mudam a face do mundo. Com ou sem palmadas no traseiro deste.

À prova d'água

Há uma fase na vida de todo o garoto em que aquilo que ele mais desejaria é ser como os relógios Rolex: à prova d'água. É a fase em que o garoto acha que a pior ideia da mãe Natureza foi combinar dois átomos de hidrogênio e um de oxigênio para formar esta substância incolor, inodora, insípida — e altamente desagradável, para não dizer perigosa — chamada água. Nessa época, a paisagem ideal para os meninos é o deserto do Saara, aquela imensidão de areia sob um sol tórrido, sem nenhuma gota d'água. Nessa época, para os garotos, o Departamento de Água e Esgoto poderia tranquilamente fechar as suas portas, as torneiras poderiam ser abolidas e os chuveiros jogados definitivamente no rol das coisas inúteis.

Na verdade, porém, tal abominação não se estende a toda a água, mas tem um propósito específico: evitar o banho que, de acordo com os preceitos da civilização ocidental moderna, deve ser diário. Para os garotos, um preceito ameaçador, contra o qual lutam com todas as suas forças. Arrastar um garoto para o banho é uma operação que exige a mobilização de toda a família, da comunidade, das forças vivas da nação, do exército, do Conselho de Segurança da ONU. Os gritos que então se produzem são de molde a fazer os vizinhos pensar que a crueldade de certos pais ultrapassa todo e qualquer limite.

Mas, será que é com o banho mesmo a coisa? Não deve ser, porque piscina, tanque, mar, rio ou mesmo qualquer charco são aceitáveis. O problema é com aquele lúgubre reduto chamado banheiro. O que o garoto não quer é ser encerrado no box de cujo chuveiro jorra sobre ele o jato impiedoso. Ele não quer ficar limpinho, penteadinho, arrumadinho. Ele quer ser o demônio que corre pela rua, pelo quintal ou pelo *playground*, a cara preta de tanta sujeira; e como demônio, ele odeia esta água purificada pelo cloro das hidráulicas e regulada pelas torneiras de metal brilhante. O que os garotos recusam, em síntese, é o processo civilizatório representado pelo banho. Para isto, eles têm razões até históricas.

Luís XIV, o Rei-Sol, tomava banho só de vez em quando; em sua época, acreditava-se que a água atravessava a pele e amolecia o corpo, causando doenças. Antes de 1850 os franceses, criadores dos mais célebres perfumes, não tomavam mais que um banho, em média, por ano. Mas então Pasteur populariza a ideia do micróbio e da doença transmissível, e a burguesia consagra a higiene como um dos elementos da ordem e da moral. O banho estava definitivamente instituído, e o banheiro se transformou em símbolo de *status*, como o demonstram os anúncios de apartamentos com banheiras de hidromassagem.

Não para os garotos, que não se deixam seduzir pela propaganda de sabonetes, de xampus, de desodorantes. Talvez a tática com eles deva ser outra. Talvez se deva proceder como na Idade Média, em que o cavaleiro, para ser admitido na chamada Ordem do Banho, tinha de ser convenientemente lavado e esfregado — ao menos uma vez na vida. Já que o banho não pode ser uma ordem, porque não a Ordem do Banho? É banho, enfim. Desde que não seja com armadura.

Os terroristas

Era um professor duro, exigente — e implacável. As provas eram feitas sem aviso prévio. Todos os trabalhos valiam nota e eram corrigidos segundo os critérios mais rigorosos. Resultado: no fim do ano quase todos os alunos estavam à beira da reprovação. As notas — que ele anotava cuidadosamente no livro de chamada — eram as mais baixas possíveis.

O que fazer? Reuniam-se todos os dias no bar em frente ao colégio para discutir a situação, mas nada lhes ocorria. Até que um deles teve uma ideia brilhante.

O livro de chamada. A solução estava ali: tinham de se apossar do livro de chamada e mudar as notas. Um 0 poderia ser transformado em 8. Um 1 poderia virar 7 (ou 10, dependendo do grau de ambição).

O problema era pegar o livro, que o professor não largava nunca — nem mesmo para ir ao banheiro. Aparentemente, só uma catástrofe poderia separá-los.

Recorreram, pois, à catástrofe. Um dos alunos telefonou do orelhão em frente ao colégio, avisando que havia um princípio de incêndio na casa do professor. Avisado, o pobre homem saiu correndo da sala de aula — deixando sobre a mesa o famigerado livro de presenças.

Acreditareis se eu disser que ninguém tocou no livro? Ninguém tocou no livro. Os rapazes se olhavam, mas nenhum deles tomou a iniciativa de mudar as notas. Às vezes a consciência pesa mais que a ameaça da reprovação.

Minha vida como pivete

Não há segundo ato nas vidas americanas, disse Scott Fitzgerald, mas há nas vidas brasileiras: segundo, terceiro, décimo atos. Num desses atos — misteriosos são os desígnios da Providência — fui um pivete.

Não por muito tempo, devo dizer. Na verdade, por muito pouco tempo, e em circunstâncias especiais. Aconteceu no Bom Fim, e numa época em que o bairro ainda não era barra-pesada. Nós estávamos na rua João Telles, uma noite, e jogávamos futebol no meio da rua. O futebol não é um esporte silencioso, e algazarra nós fazíamos, não muita, mas o suficiente para incomodar um dos moradores, que veio à janela e mandou-nos embora. Seguiu-se uma áspera troca de palavras, e a janela fechou-se, no que parecia uma retirada.

***

Não era. Enquanto continuávamos o jogo, o homem chamava a polícia. Minutos depois encostava na rua uma viatura da PM. Podíamos, ou devíamos, ter fugido; na verdade, porém, não nos ocorria que o objetivo das forças da lei era o nosso precário futebol. Para nossa surpresa os policiais vieram em nossa direção. Um deles olhou-me (nunca imaginei ter aparência perigosa) e, abrindo a porta do camburão, ordenou:

— Entra.

Vacilei. Olhei lá dentro. Era um compartimento escuro e apertado aquele, um lugar de aparência sombria. Mas o pior era o significado de entrar ali. Quando a porta se fechasse, com estrondo, sobre mim, eu não apenas estaria separado de meu bairro, de meus amigos, de minha família. Eu estaria penetrando numa outra realidade, tão escura, apertada e sombria quanto o compartimento dos presos no camburão. Eu estaria ingressando na marginalidade, e quem me garantia que dela sairia? Não seria aquele o meu primeiro passo numa carreira (talvez bem-sucedida; talvez trágica; quem conhece os desígnios da Providência?) de gângster?

***

O policial esperava, impaciente, e eu não me decidia, mas aí o destino interveio, sob a forma de um morador. Dirigindo-se aos homens da lei, ele ponderou que não valia a pena me levar, mesmo porque me conhecia e estava seguro de que eu era um bom guri.

— Garanto que ele não incomoda mais — repetia.

Os homens se olharam e resolveram que não valia a pena gastar uma ficha policial comigo. De modo que depois de algumas ameaças embarcaram na viatura e se foram.

Era o Bom Fim, não a Candelária; era o Brasil, não a Europa Oriental. Escapei do Holocausto porque meus pais vieram para este país, onde nasci. E escapei porque havia alguém ali para dizer que, apesar das aparências, eu era um bom guri. Tive sorte. Temos, todos nós, muita sorte. Em nome desta sorte devemos pensar, cada vez que olhamos um suposto pivete, que ele pode, afinal, ser um bom guri.

Momentos inesquecíveis

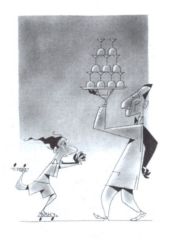

O primeiro dente

Pai que se preza comemora o primeiro dente do filho como se o seu time tivesse conquistado o campeonato ou como político recebendo seu líder. Quem não é pai não entende muito este tipo de celebração: afinal, que importância tem um dente?

Pois tem importância. Tem muita importância. Quando mais não seja, pela fonte de ansiedade que representa para os pais a espera deste primeiro dente.

Dizem as comadres que a eclosão dos dentes se acompanha de febre, de dor na gengiva, de diarreia; os pediatras não acreditam muito nisto, mas o fato é que, quando aparece o primeiro dente, a criança chora. Talvez chore pela presença do corpo estranho; por sentir um bordo serrilhado, agressivo, numa gengiva que até então era lisa, inofensiva; por ter de abandonar o inocente papel de sugador (do qual um dia, aliás, debochará) para ser incluído no rol dos mordedores, do qual fazem parte os grandes felinos, os guerreiros que arrancam os dentes dos inimigos para com eles se enfeitar, e os grandes especuladores, que fazem o mesmo com o dinheiro do povo. Não sabe o bebê que suas gengivas um dia talvez, na velhice, se tornem lisas de novo; que este dente, tão perturbador, talvez um dia venha a ser lembrado com melancolia. O bebê não sabe destas coisas, e é bom que não saiba; o fato de que o futuro é uma incógnita nos ajuda a viver.

Sim, um dente tem uma importância simbólica muito grande. Não foi por acaso que a serpente deu a Eva uma maçã, e não uma manga, ou uma laranja. Para pecar, você tem de saber morder primeiro, era a mensagem que estava oculta no ato da tentação. Dente é símbolo fálico. Deus não sabia disto, claro, porque Freud ainda não existia. Se a psicanálise já tivesse sido inventada, provavelmente Adão e Eva passariam uma temporada no divã, ao invés de serem expulsos do Paraíso. E também não teriam de ganhar o pão com o suor de seu rosto. E talvez não sofressem de dor de dente.

Nossa vida se espelha nos dentes. Nos dentes de leite, que servem de motivo para brincadeira e para rituais mágicos: se você atira o dente que caiu por cima do ombro, você pode formular um desejo que ele será atendido: Deus lhe indenizará deste modo pela perda. Depois vêm os dentes adolescentes, em geral — e para grande desgosto do rapaz e da menina — tortos. E aí, dê-lhe aparelho e arames de todos os tipos. Os dentes jovens são também a alegria das fábricas de dentifrícios: Kolynos é a porta de entrada para um mundo maravilhoso.

Nos dentes dos adultos começa a decadência: as manchas de alcatrão, as obturações, as várias obras de engenharia dentária, as pontes, os pivôs — haja grana para sustentar os dentistas — e finalmente, a melancolia da dentadura, que é ainda um mal menor. Lembro-me de ter lido a biografia de um naturalista (acho que era Louis Agassiz) que ficou deprimido quando perdeu os dentes, porque sabia que os animais, ao chegarem a este estágio, já não vivem muito. Hoje, com as próteses, as perspectivas são melhores.

A vida de um povo também se reflete nos dentes. Os brasileiros, por exemplo, têm pouco dinheiro mas muitas cáries; o número de banguelas neste país é sem dúvida muito maior que o número de eleitores. Poderia alguém perguntar: para que dentes, se a comida é escassa? Uma dúvida muito pertinente, mas não estamos fazendo comício, estamos celebrando. Seu filho tem um dente: que o use com gosto, que é como todas as coisas devem ser usadas. E que devore a vida com o mesmo prazer com que Adão e Eva comeram a maçã.

O guri não quer comer

Você tem um filho de, digamos, um ano e meio. Um belo garoto, desenvolvido para a idade, que come de tudo, como você faz questão de dizer aos amigos: *com meu guri não tem frescura, ele traça qualquer coisa*. A única coisa que preocupa, você acrescenta, é a despesa do supermercado. E você arremata dizendo que não sabe como podem existir crianças que façam cara feia para a comida, só pode ser por causa da ansiedade dos pais.

E aí chega seu dia. Ou por causa da gripe que teve, ou pelos dentes, ou por qualquer motivo obscuro, o seu guri resolve que não quer comer. Ele que antes gostava de sopa, agora não quer mais sopa; ele que antes devorava o bife, agora cospe o bife fora. Isto quando não atira o prato no chão. Com um olhar de desafio, naturalmente.

***

Sua primeira reação é de irritação. Ah, não quer comida? Pois então não vai ganhar comida. Vai dormir de barriga vazia. Se a questão é de medir forças, você rumina, indignado, então vamos ver quem é mais forte. E você não deixa de pensar, ultrajado, nas crianças de vila popular: elas certamente devorariam tudo que seu filho rejeita com aquele ar enfastiado que caracterizou Maria Antonieta quando disse ao povo que comesse bolos, se não tinha pão. Sim, você dará uma lição ao garoto. Uma lição que ele não esquecerá. Que fará dele um homem. E assim, na primeira ocasião em que ele recusa a comida, você tira-lhe o babeiro — não, você *arranca-lhe* o babeiro — e coloca-o na cama.

— Está resolvido! — você exclama, triunfante.

***

Resolvido? Não é bem assim. Uma batalha foi ganha, não a guerra. O primeiro *round* de um prolongado combate. Breve você descobre, para sua surpresa, que, em matéria de não comer, seu filho tem a resistência e o estoicismo de um ativista fazendo jejum de protesto. Rejeita, com um olhar de desprezo, os mais saborosos pratos; com o que sua autoconfiança sofre um abalo súbito. A fortaleza de sua resolução começa a apresentar rachaduras. Imagens terríveis surgem em seus sonhos: o guri, magro, caquético, estirado na cama, os vizinhos e parentes acusando-o: *pai desalmado, privou o próprio filho de alimento por uma questão de orgulho.* Se você foi educado por pais alemães, começa a se lembrar da história do Gaspar-Sopa, o menino que não queria comer sopa e foi emagrecendo, emagrecendo, até se tornar um fiapo de gente; a última ilustração da história é um túmulo com uma terrina de sopa em cima. Então você entra numa nova fase, a do desespero, na qual, aliás, há quem viva permanentemente, a mãe judaica sendo talvez o melhor exemplo.

A mãe judaica é uma alimentadora que faz qualquer negócio para que o filho coma. No Bom Fim, o bairro judaico de Porto Alegre, não era infrequente ver-se senhoras com ar tresloucado correndo pela rua com um prato de sopa atrás de seus magros — e trêfegos — rebentos. Posso aqui dar o meu depoimento pessoal: para que eu comesse, era preciso ligar todas as máquinas da pequena fábrica de móveis de meu avô (deve ter sido em circunstâncias semelhantes que se gerou no espírito do jovem Marx a ideia para o *Das Kapital*). E meu irmão recusava a comida caseira — mas aceitava a da vianda de um operário de uma construção vizinha. Minha mãe fez um trato com o homem: fornecia-lhe a comida, que ele colocava na vianda, e assim ficavam todos contentes.

Você pode não ser mãe judaica, mas lá pelas tantas estará cogitando de truques parecidos. Você deixará o guri brincar com sua máquina de escrever, com a caríssima aparelhagem de som que você acabou de comprar. Você instalará o guri no carro, você fará palhaçadas. Inútil. Ele continuará recusando a comida.

***

E lá pelas tantas, você está na sala de espera do pediatra. Você, e muitos outros pais e mães, todos com o mesmo drama e muitas hipóteses: será um vírus? Será vermes? A indústria farmacêutica habilmente aproveita esta angústia para fabricar um sem-número de tônicos e vitaminas — remédios de que seu filho não precisa; você, sim.

O pediatra faz o que pode: diz que não é doença, tenta acalmar os pais. Você sai do consultório mais tranquilo. Mas o guri continua não comendo.

***

Esta história tem um final feliz. E poderia ser de outra maneira? Claro que não. Lá pelas tantas, o guri recomeça a comer. Uma bolachinha aqui, uma sopinha ali, aos poucos ele vai voltando ao ritmo normal — e crescendo, e aumentando de peso, como se espera de toda a criança.

Um dia você fica a olhá-lo comendo uma fatia de torta. Ele está contente, ele ri, satisfeito, e você também está alegre, mas não deixa de lembrar com certa mágoa as noites em que perdeu o sono tentando imaginar meios de fazê-lo engordar. Pensamentos que você afasta com impaciência: não há por que evocar estas coisas. Principalmente considerando que a ocasião é de festa: o rapaz está comemorando seus trinta aninhos e você pode dizer, com satisfação, que ele enfim come bem.

A festinha do colégio

Se você é pai, você sabe: você pode faltar à festa de aniversário de seu chefe, você pode faltar ao encontro com o sujeito que ia lhe arranjar um emprego milionário, você pode até faltar a uma audiência com o governador, mas você não pode faltar à festinha de fim de ano da escola de seu filho. É uma expectativa que começa, aliás, muito antes da data da festa. Eu diria que já no primeiro dia de aula as professoras começam a programar a apresentação. E aí você começa a receber as cartinhas, com as coisas que você precisa comprar para a fantasia do herói: setenta metros de veludo cotelê, noventa metros de fita, dois quilos de pedras preciosas... Mas você compra, porque afinal é o seu garoto que vai se apresentar. Aí você é convocado para saber do que se trata: é uma peça infantil que foi bolada por uma das professoras. Chama-se a Festa do Pedrinho, ou algo no estilo. Nada do outro mundo, naturalmente, mas o que falta em sofisticação sobra em número de personagens: sim, porque nenhum pai se conforma em ver seu rebento fora do espetáculo. De modo que, como naqueles filmes grandiosos do Cecil B. de Mille, o que mais tem são cenas de multidões. Só de soldadinhos são uns duzentos — um exército de fazer inveja a qualquer república latino-americana. Palhacinhos, uns trezentos (idem, eu ia dizer, mas não quero ofender certos brios). E mais os macaquinhos, e as bruxinhas, e os bonequinhos... E todo o mundo precisa dizer um versinho ou cantar

uma cançãozinha. A de seu filho você aprende logo, porque é só o que ele canta em casa. Lá pelas tantas seus companheiros de trabalho o estarão olhando de forma estranha, e aí você se dará conta que passa o dia cantarolando: "Eu sou um bonequinho/Tão engraçadinho...". Não ligue. É inveja deles. No fundo também gostariam de ser um bonequinho engraçadinho. Chega a tarde da festa. O início está marcado para as três, mas à uma você já está sentado na primeira fila do auditório do colégio, máquina fotográfica em punho. Sua mulher pergunta se você está nervoso. *Que nada*, você diz, e toma rapidamente dez comprimidos de Valium.

Começa a apresentação. Entram os palhacinhos, as bruxinhas — você acha todos muito engraçadinhos, naturalmente, mas você sabe que o artista mesmo, aquele que dança como o Barishnikov e canta como o Pavarotti é o seu filho. E eis que aparece! Você delira, você bate palmas, você! Sua mulher está até constrangida, mas que importa, pai é pai, se o pai não apoia o filho quem vai apoiar? E chega o momento culminante: seu filho vai cantar. *Eu sou o bonequinho* — começa ele, e para: esqueceu. Por incrível que pareça, esqueceu. Você se contorce na cadeira, angustiado — a vontade que você tinha era de pular para o palco:

— Eu sou o bonequinho, minha gente! Eu é que sou o bonequinho!

Mas não dá: apesar de tudo, você ainda tem superego. Tudo que você consegue é assoprar para ele: *tão engraçadinho!* E de repente o garoto se lembra e canta eu sou o bonequinho, tão engraçadinho — e você aplaude de pé, grita bravo e pede bis. Termina a apresentação, você pega o artista e vai para casa. Ele esqueceu a festa, já está falando em praia, mas você vê mais longe — uma turnê pela Europa, uma apresentação no Lincoln Center de Nova York... Afinal sonhar não é proibido. Muito menos para os pais-corujas.

A primeira cartilha

Há coisas que a gente não esquece: a primeira namorada, a primeira professora, a primeira cartilha. Minha introdução às letras foi feita através de um livrinho chamado *Queres ler?* (assim mesmo, com ponto de interrogação). Era um clássico, embora tivesse alguns problemas: em primeiro lugar, tratava-se de um livro uruguaio, traduzido (o que era, e é, um vexame: cartilhas, pelo menos, deveriam ser nacionais). Em segundo lugar, era uma obra aberta e indiscreta: trazia instruções pormenorizadas sobre a maneira pela qual os professores deveriam usar o livro com os alunos. Quer dizer: era, também, para os professores, uma cartilha, o que, se não chegava a solapar a imagem dos mestres, pelo menos os colocava em relativo pé de igualdade com os alunos (pé de igualdade, não; menos. Pé de página, e em letras bem pequenas). Isto talvez fosse benéfico, porque um estímulo tínhamos para aprender a ler: ansiávamos pra descobrir os segredos dos mestres.

Em terceiro lugar — mas isto era grave —, a cartilha começava com a palavra *uva*. Com a palavra só, não; havia uma ilustração mostrando um grande, suculento, lascivo cacho de uvas (estrangeiras, naturalmente). Era um suplício olhar aquelas uvas (aliás, à época, uva designava, e não por acaso, uma dona boa), principalmente para os alunos mais pobres cujo único contato com o fruto da videira era exatamente através daquela figura.

Bem, mas não é isto o que importa. O que importa é que aquele era o nosso primeiro livro, o livro que carregávamos com orgulho em nossa pasta. E o que importa, também, é que esse livro, o livro que jamais esqueceríamos, tinha um nome provocadoramente amável: ele não ordenava, ele perguntava; ele não só perguntava, ele convidava. E não sei de que outra maneira se possa introduzir uma criança à leitura, se não através de um sedutor convite. Porque ler é um ato da vontade. Diante da TV se pode ficar passivo, absorvendo imagens e sons. A TV não indaga, ela se impõe. E pode se impor por causa da força de uma tecnologia que é absolutamente totalitária: do universo eletrônico no qual vivemos ninguém escapa.

Ler, não. Ler exige esforço. No mundo da leitura só se entra pagando ingresso. Decodificar as letras, transformá-las em imagens é uma arte, como é uma arte tocar um instrumento musical. Mas aqueles que entram no mundo da leitura, aqueles que a ele são bem conduzidos, estes encontram nos livros um lar, uma pátria, o território dos sonhos e das emoções.

Queres ler? — pergunto a meu filho, e espero que a resposta dele seja afirmativa. Para que ele possa provar a uva da qual é feito o doce vinho da fantasia arrebatadora.

Diálogo

— **P**ai, Deus existe?

O homem deixou de lado o livro que estava lendo e ficou olhando para o garoto, sem dizer nada.

— Pai, eu perguntei se Deus existe.

— Eu ouvi. Estou pensando.

— Precisa pensar? Eu só quero saber se Deus existe ou não — disse o garoto, irritado.

— Bom — o homem, cauteloso. — Para umas pessoas existe, para outras não.

— Para mim não existe — disse o menino.

— Não existe?

— Não. Quer ver? — Olhou para cima: — Deus, eu quero uma bicicleta nova. Agora.

Esperou um pouco — muito pouco — e disse, triunfante mas amargo:

— Viu? Viu como Deus não existe?

— Bem — disse o pai, sentindo o terreno movediço —, isto não chega a ser uma prova. As pessoas não conseguem logo o que querem.

— Ah, mas se Deus existe, ele tinha de me dar a bicicleta. Deus não existe.

O homem não disse nada.

— Deus não existe — insistiu o garoto. — Ouviu? Não existe. Ou então está morto. Deus morreu, pai.

Meu Deus, pensou o pai, o garoto está dizendo aquilo que Nietzsche levou anos para descobrir. O seu bom humor,

porém, logo desapareceu: o menino estava chorando. Está cansado, pensou o homem. Tomou-o nos braços, sentou com ele na cadeira de balanço, embalou-o, até que o menino adormeceu. Então colocou-o na cama; mas aí já não tinha vontade de ler; de modo que pôs o pijama e foi dormir também.

Acordou de manhã cedo. O menino estava ao lado da cama do casal, uma expressão de triunfo no rosto:

— Sabe o que eu sonhei, pai? Sonhei que estava cercado de inimigos que queriam me matar. Aí caiu do céu uma metralhadora, e eu matei todos os inimigos. Todos, pai! Com a metralhadora! Foi Deus quem mandou aquela metralhadora!

O pai suspirou, aliviado. Finalmente, Deus estava dizendo a que vinha.

O primeiro caderno

Emoções há muitas na vida, e de todos os tipos, mas raras se comparam em intensidade àquela que a gente tem quando se compra o primeiro caderno escolar. De cinquenta folhas ou de cem, pautado ou sem pauta, humilde ou sofisticado, não importa: o primeiro caderno é o símbolo de uma nova etapa. De uma nova vida. Pois as páginas em branco, modestas e radiantes em sua pureza, são exatamente isto: uma proposta de renovação, de um início de vida. Mesmo quando a sua vida ainda está no início (e muito mais quando se é adulto: quem de nós já não resolveu passar a vida a limpo, pensando exatamente nisto, num caderno novinho a ser escrito com todo o capricho e dedicação?).

Não sei se ainda é assim, mas quando eu era guri a gente recebia, no colégio, uma lista do material a comprar, incluindo os cadernos. Esta simples lista já era, em sua discriminação, um excitante enigma. Cadernos de cem folhas, de duzentas: aquilo decerto era para matérias muito sérias, de longas digressões. Os cadernos mais finos acenavam com coisas leves. Os quadriculados se propunham a nos ensinar a disciplina da geometria, das contas aritméticas, o caderno de caligrafia lembrava que há limites para a dimensão das letras. Havia um caderno de música, decerto para entusiasmar um futuro Beethoven, e um caderno de desenho, este a desafiar a imaginação com suas folhas brancas de papel cartonado. E havia os humildes blocos, já resignados a serem riscados,

borrados, engordurados e rasgados; a terem suas folhas transformadas em aviõezinhos (qual a criança que não faz aviãozinho de papel quando a professora dá as costas?). Os cadernos exigiam mais respeito; os mais aplicados chegavam a encapá-los com papéis de desenhos alegres. Mostrar os cadernos aos colegas fazia parte do excitante clima do começo do ano, que chegava a seu ápice quando se escrevia, na primeira página do primeiro caderno, a primeira lição para casa: um ato realizado num clima de quase mística unção, as letras sendo caprichosamente desenhadas, uma após a outra.

Mas os dias passam, as lições para casa se sucedem, os cadernos, como todas as coisas, vão ficando velhos, manchados, amassados. Algumas folhas são arrancadas, outras caem, e um dia a capa se desprende também e é colada com um durex que logo fica também sujo, encardido. O caderno resiste bravamente, mas o tempo trabalha contra ele: um dia chega o fim do ano, os exames finais. Há ainda uns derradeiros momentos de glória, de febril emoção, quando o caderno é de novo e nervosamente folheado, em busca dos pontos que cairão na prova.

Mas aí vem o resultado final — *passei! Mãe, pai, passei!* — e num gesto de irresponsável, mas compreensível alegria, o caderno é arremessado longe, às vezes até pela janela. Cai na rua, um carro passa sobre ele, termina de destruí-lo: o vento leva para longe as folhas soltas, e algum papeleiro recolherá o que dele resta. O menino vai para as férias, volta, e um dia entra numa papelaria, os olhos brilhando, com uma nova lista de cadernos para comprar.

Só mais um minuto

É uma experiência comum para muitos de nós. O despertador toca pela manhã; resignados, levantamos da cama, e vamos chamar os nossos filhos: está na hora do colégio (e ainda bem que é colégio, que não é um trabalho em fábrica, como aquele que estava reservado às crianças à época da Revolução Industrial). Eles dormem a sono solto; nós os alertamos para o atraso, nós os sacudimos, puxamos cobertores. Nada. O que não deixa de nos irritar: este garoto que agora se recusa a abrir os olhos para o mundo, não era o mesmo que ontem à noite insistia em permanecer acordado? Que incoerência é esta? Como que respondendo a nossa indignação, vem, de sob os cobertores, uma débil súplica:

— Só mais um minuto.

Suspirando, concordamos. Como não fazê-lo? E não é só porque se trata de um pedido modesto, de um minuto que, entre tantos bilhões de minutos, não fará diferença. É que compreendemos a importância destes poucos momentos. Eles se destinam a manter o jovem, a criança, nesta terra de ninguém que medeia entre o sono e a vigília, entre a fantasia e a realidade. Na verdade, não é exatamente uma terra de ninguém; ela pertence, por definição, à infância, como à infância pertencem, de direito, os sonhos e as fantasias. Uma posse que não dá segurança. Cerrar os olhos, desligar-se do mundo dos adultos, não é algo que a criança faça com tranquilidade: sabe lá que monstros, que espectros à la Spielberg a aguardam na calada da noite. Mas, tendo adormecido, ela abre mão da possibilidade de uma convivência adulta e assume de todo a sua condição infantil. À qual, como sabemos, é muito difícil renunciar.

Este minuto que nossos filhos nos pedem, a este minuto eles têm direito. Não é um minuto, na verdade: é a infância. E se nós dizemos — está bem, um minuto — é porque sabemos: a infância dura exatamente este tempo, um minuto.

Os comícios
dos adolescentes

No Hyde Park, em Londres, existe um lugar chamado Speaker's Corner, onde, segundo a tradição, qualquer pessoa pode fazer discursos, criticando até a família real (o que atualmente não é muito difícil) desde que falando do alto de um estrado ou mesmo de um caixote; isto é, sem pisar solo inglês. Atualmente os oradores que lá vão são muito chatos, e frequentemente falam apenas para impressionar os turistas, mas há uma fase na vida em que o mundo como um todo é para nós um Speaker's Corner, e a nossa família é mais atacável que a família real inglesa: a adolescência é uma fase de comícios.

Adolescentes são oradores prodigiosos. Energia é o que não lhes falta; a imensa quantidade de alimentos que ingerem precisa ser queimada de alguma maneira, e esportes, *games* ou fantasias não são suficientes. Daí os discursos, que se sucedem num ritmo implacável: não há almoço nem jantar em que os pais não ouçam peças de inflamada oratória. Os adolescentes, principalmente os de classe média, consideram-se oprimidos; não fazem parte de nenhuma Frente de Libertação, mesmo porque a vida de guerrilheiro não tem moleza, não dá para acordar ao meio-dia; mas desenvolvem uma invencível tática de guerrilha verbal, baseada em acusações clássicas: os pais são quadrados, os pais não compreendem as necessidades dos filhos, os pais são insensíveis, os pais não compram isto, os pais não compram aquilo ("me compra" é a reivindicação mais ouvida). É um estado de comício permanente, como parlamento algum jamais viu. Aliás, e diferente dos nossos deputados, os adolescentes jamais se ausentam do plenário; mas, como os deputados, sempre acham que estão ganhando pouco.

De uma coisa, porém, podemos estar certos: não existirá um Partido dos Adolescentes enquanto não se formar um Partido dos Pais. E Partido dos Pais jamais se formará. Como a Tereza Batista, de Jorge Amado, que estava cansada de guerra, pais — por definição — são pessoas cansadas de comícios.

Pais e filhos

A mamadeira das
duas da manhã

Amigos me mandam um cartão; mostra um pai de pijama, barbudo, desfeito, segurando um bebê e a mamadeira. O cartão diz que muita coisa pode ser escrita a respeito da mamadeira das duas horas da manhã.

Presumindo que o pai barbudo seja eu, aceito o desafio: muita coisa pode ser dita a respeito da mamadeira das duas da manhã. Nem tudo é publicável, naturalmente, mas aqui vão algumas das reflexões que me ocorrem.

Às duas da manhã a maior parte das pessoas de bom-senso costuma estar dormindo. Fazem exceção os boêmios, os guardas-noturnos, os poetas muito inspirados e algumas outras categorias profissionais. Supondo que você faça parte da maioria silenciosa: lá está você, mergulhado num sono reparador, sonhando com um cruzeiro de iate pelo Caribe. Está você encostado na amurada, ao lado de uma bela mulher que pode ou não ser a sua esposa, quando se ouve ao longe a sereia de um navio. Ruído incômodo, que você gostaria de não escutar; mas é impossível. Mesmo porque não se trata da sereia de nenhum navio. É o bebê, chorando. Está na hora da mamadeira.

A primeira coisa que acontece é uma discussão com sua mulher sobre quem deve ir atender o garoto. Nos tempos do chamado chefe de família, este debate não cabia: a mãe

levantava e ia cumprir com sua obrigação. Hoje, quando as mulheres trabalham e estão conscientes de seus direitos, as coisas mudaram. Você argumenta, pondera os riscos do feminismo, alega que tem de trabalhar no dia seguinte, apela para os instintos maternais. Inútil. Pela escala estabelecida é a sua vez de levantar. Você atira o cobertor para o lado (um movimento que exige especial resolução quando a temperatura ambiente aproxima-se de zero grau) e parte para o empreendimento, não sem antes dar uma topada com o dedão no pé da cama, evento que não contribui em nada para melhorar o seu bom humor. Ainda que cambaleante, você chega ao berço e olha o bebê.

A disposição dele é completamente diferente da sua. O entusiasmo de seu choro é qualquer coisa de estarrecer. Se as massas oprimidas da América Latina gritassem deste jeito, você raciocina, as multinacionais estariam bem-arranjadas.

O momento, contudo, não é para tais considerações. Você pega a mamadeira, que já está pronta — pelo menos previdentes vocês são — e a primeira coisa que faz é deixá-la cair no chão, onde imediatamente bilhões de bactérias tomam posse dela. Você tem de preparar outra mamadeira, usa para isto um frasco novo. Coloca lá dentro o leite, aquece-a, experimenta-a no dorso da mão, ignora a queimadura de terceiro grau que o líquido produziu, e vai firme para o bebê. Ele suga, esfomeado — mas aparentemente não consegue o que quer, porque continua gritando. O furo do bico é pequeno, você pensa, e aumenta-o. Nada. Você alarga mais o furo, transforma-o num rombo. Nada. Finalmente, você se lembra de tirar o disco de borracha que estava na base do bico. Agora sim, o leite jorra — como cascata, quase afogando o garoto. Você faz tudo de novo, e desta vez, sim, dá certo. O bebê toma o leite, enquanto você fica ruminando considerações sobre a vida, nenhuma delas particularmente otimista.

O fim da mamadeira é a sua libertação. Você pode voltar para a cama. Isto é, se o bebê permite. Há vezes em que ele continua chorando. Você tenta remédios para cólicas, você muda as fraldas (duvido que você ainda tenha vontade de comer abacate, depois de ver o que contêm) e o guri sempre chorando. Finalmente você é obrigado a concluir: você não sabe por que ele chora. Talvez a CIA consiga descobrir, mas você não tem o número do telefone deles.

Quando você já está pensando em fazer as malas e fugir para o Irã ou o Polo Norte, ele de súbito deixa de chorar. Assim mesmo: para de chorar. Você suspira aliviado, toma o rumo da cama, dá a topada habitual e aí vê o relógio: sete horas. Está na hora de levantar.

Você faz a barba, toma banho, se veste, toma café — tudo isto com olhos fechados — e antes de sair você ainda dá uma olhada no bebê.

Dorme tranquilamente, claro. E o sorriso que ostenta é definitivamente irônico e triunfante.

Deixa a luz acesa, pai

Teu filho te chama à noite: quer água. Você se levanta, vai lá, dá água para ele. Daí a pouco ele chama de novo: mais água. E de novo. E de novo. Você já está irritado, e mais que irritado, intrigado: onde, diabo, vai tanta água? Precisa uma hidráulica, só para ele! Mas lá pelas tantas o guri acaba dizendo o que ele quer mesmo: deixa a luz acesa, pai, ele pede, meio envergonhado.

Ah, então era isso. Medo do escuro. E aí? Que é que você faz?

Pode ser que você recuse. E por várias razões. Talvez você ache que homem não deve ter medo do escuro; ou que deve aprender a vencer este medo, como qualquer outro medo. Talvez você lembre sua própria infância: seu pai não permitia que a luz à noite ficasse acesa no quarto dos filhos. Energia não é barato, como sabemos, não são muitas as famílias que podem se permitir ter uma lâmpada queimando a noite inteira.

Pensando nesta e noutras coisas, você ordena ao garoto que durma, apaga a luz e volta para a cama, não sem antes resmungar qualquer coisa à sua mulher acerca da falta de fibra das novas gerações.

Mas aí você descobre que não consegue conciliar o sono. Tudo escuro, a casa em silêncio, mas você não pode dormir. É como se existisse uma luzinha, não é? Uma luzinha acesa em sua cabeça. Você pensa, por exemplo, em seus próprios

temores, na escuridão que te amedronta, as incertezas do futuro (esse desemprego que anda por aí), as doenças, a morte. No fundo, você também gostaria de ter uma luz acesa em sua vida, uma luz cálida e brilhante, iluminando o caminho que você deve percorrer. Você pensa na luz; não na luz metafísica, na luz propriamente dita. Na lâmpada acesa, na energia que a incandesce e que viajou longa distância desde uma remota usina. Nessa usina, e à mesma hora, um obscuro operário está trabalhando para que você, e seu filho, e o filho dele também tenham luz. Pensando bem — é melhor deixar a luz acesa, não é? Você levanta da cama, acende a luz do quarto de seu filho — ele o mira espantado —, você lhe sorri, dá boa-noite e volta para a cama. Agora sim, você pode dormir tranquilo.

A patologia da
manhã infantil

À época em que eu era estudante de Medicina, havia uma curiosa característica no ensino médico: procurava-se mostrar aos alunos os casos mais raros e diferentes, enfermidades cuja descrição só se encontrava em obscuros manuais ou em revistas estrangeiras. Descobri assim que há muitas doenças estranhas. Agora: não tão estranhas quanto as que acometem um garoto de sete anos à hora em que ele tem de acordar e ir para o colégio. Estas doenças têm as seguintes características:

a) São instantâneas. Tão logo o garoto abre os olhos, ele é atacado por uma multidão de vírus, bactérias, fungos, enfim, por toda a fauna daninha que povoa este planeta e outros.

b) Manifestam-se pelos sintomas mais variados, e, o que é mais importante, de conhecimento exclusivo do interessado. Se o garoto diz que está enxergando tudo verde, o que é que você responde? Que ele tem uma visão ecológica das coisas? Que o verde é uma bela cor? Que você está enxergando amarelo, e que portanto vocês dois formam uma dupla patriótica? E se o garoto diz que está tudo rodando, que é que você faz? Põe-se a rodar ao redor dele, para dar a impressão de que ao menos a autoridade paterna está fixa?

c) Resistem a qualquer tratamento. Não adianta você dizer ao garoto: não é nada, isto já vai passar. Nem adianta vir com aspirina ou gotas antiespasmódicas. Os sintomas infantis zombam de qualquer terapêutica. A única coisa que resolve o problema deles é ficar deitado, de preferência dormindo; ou, no máximo, na frente da TV ligada.

d) Cessam miraculosamente quando você pronuncia as palavras mágicas. Sim, mas quais são estas palavras mágicas? Sossegue, não se trata de nenhum segredo de sábios orientais. Tudo que você tem a dizer é: *hoje é domingo, não tem colégio*. Pronto. Toda a patologia exótica desaparece como por encanto. O garoto só vai encontrá-la de novo quando se tornar estudante de Medicina.

Os craques do futuro

Todo pai de classe média tem um de dois sonhos: ou quer que o filho seja doutor, ou jogador de futebol. O primeiro sonho é mais antigo, e vem da época em que um diploma era tudo, mas hoje, com tanto profissional desempregado e com os jogadores de futebol ganhando fortunas, o sonho mudou. De qualquer modo, ser jogador de futebol exige esforço. Porque já se foi a época em que um garoto se tornava craque nas peladas de rua; as ruas hoje são perigosas. Além disto, futebol agora se aprende — nas escolinhas. (Por enquanto é escolinha. Logo será faculdade, mestrado, doutorado. Já imaginaram um Ph.D. em futebol teorizando antes de fazer um passe? Chegaremos lá.)

É com a maior emoção que um pai matricula seu filho na escolinha de futebol. E é com emoção ainda maior que ele aguarda o resultado da primeira aula. Agarra o professor ansioso:

— Então? Já posso fazer um contrato com os italianos?

O professor responde de maneira reticente: sim, o guri tem futuro, mas... O pai não quer saber de ponderações: o seu rebento é o sucessor de Pelé e Garrincha e estamos conversados. Tudo o que o professor tem a fazer é desenvolver este talento inato.

E em casa ele mesmo faz o teste decisivo: pega uma bola e vai para o pátio ou para o *playground* do edifício. E, de fato, o garoto é bom; tem um notável controle da pelota, corre,

dribla, chuta forte. O pai é derrotado fragorosamente, para sua imensa satisfação: eu não dizia que meu filho é um gênio do futebol? Janta e vai para a cama, feliz, pensando nas manchetes dos jornais do futuro: *Surge um novo astro no futebol brasileiro*. De repente lhe ocorre que ganhar numa pelada de um pai classe média, sedentário, meio barrigudo, não é coisa tão difícil e que talvez seu filho seja apenas um menino como todos os outros meninos brasileiros que gostam de futebol e que bem ou mal chutam sua bolinha. Mas este pensamento incômodo não chega a perturbá-lo; não, seu filho não é igual aos outros; seu filho é um grande jogador de futebol, o tempo o demonstrará. Adormece feliz, e nos sonhos recebe do filho, diante das câmeras de TV, a Taça Jules Rimet: justa homenagem a um pai que acreditou no talento de seu garoto e que soube, pelo menos, sonhar.

A glória do *skate*

Do carrinho de bebê ao automóvel (próprio ou emprestado pelo pai) há uma longa trajetória, que os garotos percorrem rapidamente; não tanto por causa das rodas, como sobretudo porque o tempo flui veloz. E em algum momento dessa odisseia vem à baila a questão de algo chamado *skate*.

O *skate* é uma curiosa invenção: um misto de patim, de patinete, mas também de prancha de *surf* e de esqui, com a vantagem de dispensar as ondas do Havaí e as neves de Bariloche ou de Cortina d'Ampezzo. Tal economia é, contudo, ilusória. A primeira coisa que um pai descobre a respeito do *skate* é que seu preço definitivamente o coloca fora da categoria dos transportes que um operário, por exemplo, usaria para ir ao trabalho. É caríssimo; e se for incrementado com acessórios, como está na moda, custa ainda mais caro. Isto ainda não seria o principal problema, pois há pais que sacrificam o dinheiro da própria comida para se livrar dos filhos que, com aquela incrível tenacidade da infância, lhes pegam no pé (desprovido de rodas). O problema mesmo é o receio. Um garoto descendo uma ladeira sobre um *skate* não tarda a atingir velocidades supersônicas — e, o que é pior, passando por entradas de automóveis e desviando no último momento de pessoas. É um teste para a resistência de qualquer coração paterno. Isto sem falar nas histórias sombrias que outros pais sempre têm para contar.

Mas a verdade é que o pai acuado acaba comprando o *skate*. Em primeiro lugar porque o filho pede. Em segundo lugar porque ele sente que há, na prática do *skate* (como na prática de qualquer esporte), a presença sutil de uma sabedoria ancestral; há um Zen do *skate*, como há uma relação entre Zen e arco e flecha. Um garoto sobre o *skate* é uma maravilhosa lição de equilíbrio, deste equilíbrio com que todos sonhamos, e que perseguimos sem alcançar (talvez porque o automóvel e a mesa do escritório não sejam bons veículos para isto).

E aí vem a terceira razão pela qual o pai compra o *skate* para o filho. É que ele renasce neste filho que desliza, é ele quem desce veloz a ladeira, os cabelos (ainda que escassos) esvoaçando ao vento. No *skate*, o filho ruma para o futuro, o pai volta ao passado. No ponto onde se encontram, o filho passa realmente a ser filho, e o pai se torna realmente pai.

Esqueceram de mim

Certa vez em Tóquio, onde participava de um encontro de saúde pública, fui convidado para um coquetel. O convite dizia das 17h às 19h, mas às cinco para as sete a festa estava animadíssima, e minha curiosidade era saber se o horário seria respeitado. Foi: às sete em ponto o anfitrião apareceu, empunhando um microfone: "Senhores, foi uma alegria tê-los aqui. Quero agradecer a presença de todos..." Um minuto depois estávamos na rua.

Fico me perguntando se uma coisa destas seria possível no Brasil, onde qualquer horário (e o de festas, principalmente) é, no máximo, uma tentativa. E esta, para dizer o mínimo, informalidade tem consequências às vezes imprevistas.

Amigo meu (daqui em diante denominado, para fins desta crônica, Paulo) fez uma festa de aniversário para o filho. Os colegas de aula e os amigos foram convidados — e discretamente lembrados que a festa terminaria às onze da noite, com reunião dançante e tudo. À meia-noite e pouco os pais estavam levando os últimos convidados. Paulo e a mulher, esgotados, já se preparavam para o repouso reparador, quando deram conta: ainda havia um garoto presente. Apreensivos, perguntaram-lhe se os pais não viriam buscá-lo. Acho que vêm, foi a indiferente resposta.

Às duas da manhã Paulo resolveu telefonar para os pais do menino. O telefone não atendia. Na certa estão a caminho, disse a mulher. Sentaram-se para esperar. Paulo acabou ador-

mecendo e acordou com a campainha tocando. Era, de fato, o pai do menino (que também dormia, deitado no sofá). Eram seis da manhã.

— Desculpem o atraso — disse o relapso pai. E acrescentou com um sorriso misterioso: — Estávamos no motel.

E aí explicou: em dezesseis anos de casados, nunca tinham ido ao motel — e uma vez a gente tem de experimentar, não é mesmo? Além disto, o motel estava com uma promoção espetacular, preço mais baixo, jantar, de modo que eles foram ficando, foram ficando, até se darem conta da hora.

— Mas você não ficou chateado, ficou?

Não. Paulo não tinha ficado chateado. Mas já avisou à mulher: o próximo aniversário vai ser feito direto no motel.

Antes e depois

Einstein passou à História por provar que tudo é relativo, mas disso sabe qualquer garoto: as frases ditas a uma criança são exatamente o contrário do que ela ouvirá trinta anos depois. Basta comparar a coluna um com a coluna dois, para que a gente se convença de quanto é absurda a loteria da vida. Para a infância, não há nada mais diferente que o "antes" e o "depois".

Na infância	**Trinta anos depois**
Come, guri. Se você não comer, vai acabar doente. Anda, come o bife, está tão bom. Olha, se você comer, nem que seja a metade, eu te compro o Ferrorama.	Mas você já está comendo de novo? Recém jantou e já está na geladeira? Mas que vergonha, homem. Olha a tua barriga. Coisa mais indecente. Quando é que você vai dar um jeito nisto? Sei, sei, amanhã você começa a dieta. Já ouvi esta história mil vezes.
Vai no colégio, sim. Que história é esta de ficar em casa? E não vem me dizer que você está com febre, porque é mentira. Tem de ir ao colégio para estudar e ser alguém na vida.	Faculdade? Depois de velho você quer voltar para a faculdade? Desista, meu caro, sua cabeça não dá mais, você tem de ficar no seu emprego, que além de tudo é tranquilo. E depois, para que quer você um diploma? Para ser mais um profissional liberal desempregado? Nada disto. Não vai para a faculdade, não. Fica em casa que é melhor.
Olha aí, todos os teus brinquedos espalhados pelo chão. É por isso que você perde tudo e quebra tudo. Olha: se você não juntar esses brinquedos em um minuto vai tudo para o lixo, ouviu? Para o lixo ou para o filho do zelador. Você não sabe valorizar as coisas que tem. Está na hora de aprender. Essas coisas custam dinheiro e dinheiro não se acha na rua.	Essa sua obsessão pela ordem, pela limpeza é apenas uma defesa contra a ansiedade. No fundo você é uma criança desamparada querendo harmonizar as partes em conflito de sua mente. Mas por hoje vamos ficar por aqui. A propósito: a partir da semana que vem vamos ter um aumento. É esse processo inflacionário que estamos vivendo. As coisas estão custando um dinheirão.

Na infância

Agora chega. Desliga esta TV e vai dormir, anda. Amanhã você precisa levantar cedo para ir ao colégio. Não, não tem nada de mais cinco minutinhos. Você ferveu o dia inteiro, agora tem de descansar.

Nada disto. Você não vai andar de bicicleta. Agora está na hora de jantar. Além disto andar de bicicleta é perigoso. Você passa na entrada de garagens, vem um carro dirigido por um desses malucos que andam soltos por aí, te atropela e era uma vez um menino.

Trinta anos depois

Dormir? Você já vai dormir? Mas você não tinha dito que iríamos ao cinema hoje? Está bom, eu sei que você teve um dia cheio no escritório, que está cansado e com dor de cabeça. Mas a gente também precisa se divertir um pouco. Faz um mês que não saímos de casa. Foi para isto que a gente casou? Quando éramos noivos você não queria saber de dormir, sempre dizia que a noite era uma criança e que ainda dava para fazer mais um programa. Vamos lá, homem, te veste e vamos sair.

Você precisa fazer exercício, meu caro. Você leva uma vida muito sedentária, todo o dia sentado numa cadeira, no escritório. Isto é perigoso. Afinal, você já entrou na faixa etária do enfarte. E exercício é bom para descarregar a tensão. Por que você não anda de bicicleta, por exemplo? Olha, até que é divertido.

Na infância

Olha só as tuas roupas. Você suja tudo, rasga tudo. Esses tênis não têm um mês ainda, e já dá para jogar fora. Assim não há dinheiro que chegue. Por que é que você não anda limpinho e arrumado como o filho do nosso vizinho aqui de cima? Aquele, sim, é um menino que dá gosto de olhar.

Você passa o dia inteiro na frente desta TV. Por que é que você não pega um livro e vai ler um pouco? Eu sei que ler é mais difícil que olhar TV, mas em compensação não há coisa melhor para desenvolver a imaginação. Eu, quando tinha a sua idade, já tinha lido todo o Monteiro Lobato, as histórias infantis do Érico Veríssimo, tudo. E isto me ajudou muito. Imaginação é uma coisa preciosa.

Trinta anos depois

Sim, eu sei que você precisa se apresentar bem, que o visual é tudo, especialmente em sua profissão. Mas eu acho que você exagera. Eu acho que você anda elegante demais. E isto para mim só pode ter uma explicação: você anda tendo casos por aí. Elegância demais é coisa suspeita.

E você acha que o plano econômico vai dar certo? Você tem muita imaginação, meu caro. Aliás, é seu problema: excesso de imaginação. Um administrador, um técnico, não pode ter tanta imaginação. Você está fora da realidade, você não sabe o que as pessoas querem, o que elas estão pensando. Olha, vou te dar uma ideia: fique assistindo TV uns dias. Não há espelho mais fiel da realidade brasileira do que a TV. Tudo que aprendi devo à TV. Se subi na vida foi graças à TV.

Oração de um pai

Dá-me, Senhor, forças para realizar tudo aquilo que meu filho espera de mim; mas faz, Senhor, com que as expectativas de meu filho nunca ultrapassem o limite de minhas forças.

Dá-me, Senhor, paciência para que eu suporte a impertinência e escute as recriminações;

mas se eu tiver de bater, Senhor, faz com que minha mão tenha a leveza dos cabelos de uma criança a flutuarem na brisa.

Dá-me, Senhor, energia, mas dá-me, também, tolerância, dá-me a sabedoria da maturidade, mas dá-me também a inocência da infância; dá-me, Senhor, um olhar severo, mas dá-me também um terno sorriso.

Faz, Senhor, com que meu filho acredite que sou tão bondoso e poderoso como imagina que Tu és;

mas, se não existes, Senhor, não deixes que filho algum saiba disto.

Qual destes é
o seu pai?

Lamento dizer, meu filho, mas não sou nenhum desses. Não sou, por exemplo, o Superman. Não consigo sair por aí voando, embora muitas vezes tenha vontade de fazê-lo; tenho de me mover no atrapalhado trânsito desta cidade num modesto Gol, com a esperança de não chamar a atenção dos assaltantes nem de ficar na rua com um pneu furado. Também não tenho, como o Superman, a visão de raios X; mal consigo ler, com muita dificuldade e incredulidade, as notícias que aparecem diariamente nos jornais e que nos falam de um mundo convulsionado e de um país perplexo.

Não sou o Homem Invisível. Não consigo passar despercebido; tenho de ocupar meu lugar na sociedade, goste dele ou não.

Não sou o He-Man. Não tenho a Força; pelo menos não *aquela* Força. Tenho uma pequena força, o suficiente para garantir o pão nosso de cada dia, e mesmo alguma manteiga, o que não é pouco, neste país em que muita gente morre de fome.

Não sou o Rambo; não tenho aquela formidável musculatura, nem as armas incríveis, nem o feroz ódio contra os inimigos (aliás, quem são os inimigos?). Não sou o Tio Patinhas, não sou um Transformer não sou o Príncipe Valente. Não sou o Rei Arthur, nem Merlin, o Mago, nem Fred Astaire. O que sou, então?

Sou o que são todos os pais. Homens absolutamente comuns, a quem um filho transforma de repente (porque os pais são criados pelos filhos, assim como os filhos são criados pelos pais: a criança é o pai do homem). Homens comuns que levantam de manhã e vão trabalhar. Homens que se angustiam com as prestações a pagar, com os preços do supermercado, com as coisas que estão sempre estragando em casa. Homens que de vez em quando jogam futebol, que às vezes fazem churrasco, que ocasionalmente vão a um teatro ou a um concerto. Destes homens é que são feitos os pais.

Quando os filhos precisam, estes homens se transformam. Se o filho está doente, se o filho tem fome, se o filho precisa de roupa — estes homens adquirem a força do He-Man, a velocidade do Superman, os poderes mágicos de Merlin. Mas a verdade é que isto não dura sempre, e também nem sempre resolve. A inflação, por exemplo, nocauteia qualquer pai.

Não, filhos, não somos os seres poderosos que vocês gostariam que fôssemos. Mas somos os pais de vocês, que um dia serão pais como nós. Os heróis são eternos. Os pais não. E é nisso que está a sua força.

Conhecendo o autor

Moacyr Scliar

A perfeição refinada das palavras

Moacyr Scliar nasceu em Porto Alegre, Rio Grande do Sul. De uma família judia, passou a infância em um bairro pobre da cidade.

Médico de formação, conseguiu conciliar essa exigente carreira com a também exigente profissão de escritor. Publicou mais de trinta livros em que escreveu contos, romances, crônicas e ensaios. Além disso,

Moacyr Scliar retrata a realidade e a fantasia presentes no cotidiano de todos nós.

Moacyr Scliar, que é membro da Academia Brasileira de Letras, coleciona inúmeros prêmios literários. Vários de seus textos foram adaptados para televisão, rádio, cinema e teatro. Tem obras traduzidas para o alemão, o inglês, o hebraico, o francês, o espanhol e outros idiomas. Porém, segundo o próprio Moacyr, ganhar prêmios não é o mais importante: "o principal reconhecimento deve vir de nós mesmos, da certeza de que estamos fazendo o melhor que podemos". De sua vida e da experiência profissional como médico, desenvolveu uma linha de trabalho marcada pela visão crítica da sociedade. Seus textos retratam a realidade e a fantasia do homem comum e de seus mundos — individual e social. O humor refinado e o realismo fantástico são as grandes marcas do estilo desse escritor, dono de uma obra ágil e direta.

Moacyr Scliar define a si mesmo como um homem perfeccionista; e, com certeza, a busca da palavra exata, e o cuidado com a linguagem são responsáveis pelo sucesso e pelo respeito que conquistou junto ao público leitor e à crítica.

Para escrever, Moacyr Scliar busca inspiração em fatos e sentimentos diversos, como ele mesmo diz: "Parto de qualquer coisa: uma notícia de jornal, um fato histórico, uma pessoa que conheci, para daí escrever ficção. Se é um conto, escrevo de uma vez só; se é um romance, vou trabalhando aos poucos, às vezes começando pelo meio e pelo fim. E reescrevo muito".

O produto dessa sua busca pela perfeição é um conjunto de textos envolventes e de uma naturalidade irresistível, o que é confirmado em *Um país chamado Infância*.

Referências bibliográficas

Todos os textos que compõem esta coletânea foram originalmente publicados no jornal *Zero Hora*, de Porto Alegre.

Com exceção de "Os terroristas", "Esqueceram de mim", "Minha vida de pivete", "Os comícios dos adolescentes" e "Só mais um minuto", todas as crônicas fizeram parte da primeira edição do livro *Um país chamado Infância*, publicado pela Editora Sulina (Porto Alegre, 1989).

Coleção

PARA GOSTAR DE LER

Boa literatura começa cedo

A Coleção Para Gostar de Ler é uma das marcas mais conhecidas do mercado editorial brasileiro. Há muitos anos, ela abre os caminhos da literatura para os jovens. E interessa também aos adultos, pois bons livros não têm idade. São coletâneas de crônicas, contos e poemas de grandes escritores, enriquecidas com textos informativos. Um acervo para entrar no mundo da literatura com o pé direito.

Volumes de 1 a 5 – Crônicas
Carlos Drummond de Andrade, Fernando Sabino, Paulo Mendes Campos e Rubem Braga

Volume 6 – Poesias
José Paulo Paes, Henriqueta Lisboa, Mário Quintana e Vinícius de Moraes

Volume 7 – Crônicas
Carlos Eduardo Novaes, José Carlos Oliveira, Lourenço Diaféria e Luís Fernando Veríssimo

Volumes de 8 a 10 – Contos brasileiros
Clarice Lispector, Graciliano Ramos, Ignácio de Loyola Brandão, Lima Barreto, Lygia Fagundes Telles, Mário de Andrade e outros

Volume 11 – Contos universais
Edgar Allan Poe, Franz Kafka, Miguel de Cervantes e outros

Volume 12 – Histórias de detetive
Conan Doyle, Edgar Allan Poe, Marcos Rey e outros

Volume 13 – Histórias divertidas
Fernando Sabino, Machado de Assis, Luís Fernando Veríssimo e outros

Volume 14 – O nariz e outras crônicas
Luís Fernando Veríssimo

Volume 15 – A cadeira do dentista e outras crônicas
Carlos Eduardo Novaes

Volume 16 – Porta de colégio e outras crônicas
Affonso Romano de Sant'Anna

Volume 17 – Cenas brasileiras - Crônicas
Rachel de Queiroz

Volume 18 – Um país chamado Infância - Crônicas
Moacyr Scliar

Volume 20 – O golpe do aniversariante e outras crônicas
Walcyr Carrasco

Volume 21 – Histórias fantásticas
Edgar Allan Poe, Franz Kafka, Murilo Rubião e outros

Volume 22 – Histórias de amor
William Shakespeare, Lygia Fagundes Telles, Machado de Assis e outros

Volume 23 – Gol de padre e outras crônicas
Stanislaw Ponte Preta

Volume 24 – Balé do pato e outras crônicas
Paulo Mendes Campos

Volume 25 – Histórias de aventuras
Jack London, O. Henry, Domingos Pellegrini e outros

Volume 26 – Fuga do hospício e outras crônicas
Machado de Assis

Volume 27 – Histórias sobre ética
Voltaire, Machado de Assis, Moacyr Scliar e outros

Volume 28 – O comprador de aventuras e outras crônicas
Ivan Angelo

Volume 29 – Nós e os outros – histórias de diferentes culturas
Gonçalves Dias, Monteiro Lobato, Pepetela, Graciliano Ramos e outros

Volume 30 – O imitador de gato e outras crônicas
Lourenço Diaféria

Volume 31 – O menino e o arco--íris e outras crônicas
Ferreira Gullar

Volume 32 – A casa das palavras e outras crônicas
Marina Colasanti

Volume 33 – Ladrão que rouba ladrão
Domingos Pellegrini

Volume 34 – Calcinhas secretas
Ignácio de Loyola Brandão

Volume 35 – Gente em conflito
Dalton Trevisan, Fernando Sabino, Franz Kafka, João Antônio e outros

Volume 36 – Feira de versos – poesia de cordel
João Melquíades Ferreira da Silva, Leandro Gomes de Barros e Patativa do Assaré

Volume 37 – Já não somos mais crianças
Katherine Mansfield, Machado de Assis, Mark Twain, Osman Lins e outros

Volume 38 – Histórias de ficção científica
Edgar Allan Poe, H. G. Wells, Isaac Asimov, Millôr Fernandes e outros

Volume 39 – Poesia marginal
Ana Cristina César, Cacaso, Chacal, Francisco Alvim e Paulo Leminski

Volume 40 – Mitos indígenas
Betty Mindlin

Volume 41 – Eu passarinho
Mario Quintana

Volume 42 – Circo de palavras
Millôr Fernandes

Volume 43 – O melhor poeta da minha rua
José Paulo Paes

Volume 44 – Contos africanos dos países de língua portuguesa
Luandino Vieira, Luís Bernardo Honwana, Mia Couto, Ondjaki e outros

A arte de contar histórias tem truques, segredos, uns jeitos especiais... Mas, se ler com atenção, você vai descobrir alguns deles...

1 Moacyr Scliar explora alguns recursos típicos da crônica para oferecer sua versão dos conflitos pais × filhos. Numere os círculos, de modo a completar adequadamente as frases:

1 Identifica o significado mais profundo de episódios corriqueiros.

2 Escreve o contrário do que pensa para fazer troça daquilo ao que se está referindo...

3 Elege um objeto, um fragmento, para daí compor o quadro representativo do universo que escolheu como tema...

◯ ... como acontece em "O primeiro caderno".

◯ ... como acontece em "A patologia da manhã infantil".

2 O narrador — aquele que conta a história — é muitas vezes quem dá o tom da narrativa. Pensando nos textos lidos, marque as alternativas corretas:

◯ O narrador de "Diálogo" está distante, pouco interfere e não é um dos personagens. Desse modo, deixa todo destaque para a conversa entre pai e filho — mostrando a intimidade de uma relação familiar.

9 Em "Antes e depois", a relatividade das coisas ganha uma demonstração bastante divertida. Marque as opções que explicam o porquê de, após trinta anos, tudo passar a significar algo tão diferente:

◯ Há uma mudança de tom: uma coisa é receber bronca de pai e mãe, que se sentem responsáveis por você; outra é receber de marido ou mulher, ou amigo, uma vez que cada adulto deve ou deveria saber o que é melhor para si.

10 "Vou-me embora desta casa!" retrata um episódio que muitas vezes acontece, em todas as famílias, de forma ingênua e sem consequências. Aqui, ele é narrado do ponto de vista dos adultos — o cronista centra seu foco nas ações e reações dos pais. Mas que tal se você recontasse o episódio do ponto de vista do garoto? Como ele se sentiria, quando o pai ou a mãe lhe dizem: "Vai!"? Ele se sentiria mesmo obrigado a ir embora por uma questão de honra, como escreve Scliar? E com que palavras descreveria isso? Você pode explicar melhor, na perspectiva do garoto, por exemplo, o que seria o seu kit de sobrevivência, como ele vê essa divisão de papéis entre o pai e a mãe (linha-dura × mediador) e por que, afinal, resolve ceder e ficar. Vale ironizar, traçar estratégias e táticas de enfrentamento, pechinchar e negociar à vontade, adaptando livremente a história sob essa nova ótica.

Nas entrelinhas

Uma história, às vezes, traz coisas disfarçadas, que só lendo e relendo para descobrir. É uma leitura extra, algo a mais, que você não pode perder...

3 Qual é a sua opinião sobre o seguinte trecho de "O primeiro dente": "A vida de um povo também se reflete nos dentes. Os brasileiros, por exemplo, têm pouco dinheiro mas muitas cáries; o número de banguelas neste país é sem dúvida nenhuma muito maior do que o número de eleitores"?

_____
_____
_____
_____
_____

mitidos ocupam de tal forma nossos sentidos que impedem que se sonhe e se pense, junto com os programas a que assistimos.

◯ Para o cronista, a literatura deveria tentar ao máximo se adequar à linguagem visual e rápida da TV, para não perder a concorrência pelo público.

◯ Para o cronista, a leitura fortalece a individualidade; nela, podemos encontrar abrigo para nossas dúvidas, solidariedade para nossos sonhos e propósitos.

tro o do _____, como nos filmes policiais, quando dois detetives interrogam um _____.

b Há também um interessante jogo de metáforas irônicas... Em "Nem doeu", o garoto que leva uma palmada é denominado "o novo mártir da casa", exaltando a sua _____ por ter aguentado a palmada sem demonstrar sofrimento, o que o torna, apesar de castigado, o vencedor dessa pequena _____. Já em "À prova d'água", lemos que o menino deseja ria ser "como os relógios Rolex: à prova d'água". O jogo de palavras agora liga uma _____ do relógio, que não é danificado quando mergulhado na água, modificando o _____ da expressão, para caracterizar o _____ que o menino tenha _____ à água, mas que resiste como pode a entrar nela.

7 Numa variação do ditado popular, muitas das crônicas deste volume poderiam ter como síntese a frase: "Ser pai é padecer no paraíso". Em quais seriam?

◯ "A mamadeira das duas da manhã"
◯ "Qual destes é o seu pai?"
◯ "O pai sequestrado"
◯ "Lição para casa"
◯ "A festinha do colégio"